W9-ATY-374

Con una estrella en la mano

OTROS LIBROS DE MARGARITA ENGLE

Aire encantado:
dos culturas, dos alas: una memoria

Soaring Earth:
A Companion Memoir to Enchanted Air

Jazz Owls:
A Novel of the Zoot Suit Riots

La selva

Isla de leones:
el guerrero cubano de las palabras

Silver People:
Voices from the Panama Canal

The Lightning Dreamer:
Cuba's Greatest Abolitionist

The Wild Book

Hurricane Dancers:
The First Carribean Pirate

The Firefly Letters:
A Suffragette's Journey to Cuba

Tropical Secrets:
Holocaust Refugees in Cuba

El árbol de la rendición:
poemas de la lucha de Cuba por su libertad

The Poet Slave of Cuba:
A Biography of Juan Francisco Manzano

MARGARITA ENGLE

TRADUCCIÓN DE ALEXIS ROMAY

CON UNA ESTRELLA EN LA MANO

RUBÉN DARÍO

atheneum

Nueva York Londres Toronto Sídney Nueva Delhi

AGRADECIMIENTOS

Agradezco a Dios por la poesía.

Estoy agradecida a mi esposo y al resto de nuestra familia, en especial a mi madre, quien me enseñara a amar la poesía.

Gracias especiales a la memoria de mi abuelita Fefa y bisabuelita Ana Dominga por su reverencia a la poesía, en especial la obra de Rubén Darío. Agradezco a Carol Zapata-Whelan, Emily Aguilo-Pérez, Alma Flor Ada, Isabel Campoy y Claire Annette Noland.

Profunda gratitud a mi agente, Michelle Humphrey, a mi maravillosa editora, Reka Simonsen y a todo el equipo editorial de Atheneum.

atheneum

Un sello editorial de Simon & Schuster Children's Publishing Division

© del texto: 2020, Margarita Engle
© de la traducción: 2020, Simon & Schuster, Inc.
Traducción de Alexis Romay
Publicado en inglés como *With a Star in My Hand*
© de la ilustración de la portada: 2020, Willian Santiago
Para información sobre descuentos especiales para compras al por mayor, por favor póngase en contacto con Simon & Schuster. Ventas especiales: 1-866-506-1949 o business@simonandschuster.com.
El Simon & Schuster Speakers Bureau puede traer autores a su evento en vivo. Para obtener más información o para reservar a un autor, póngase en contacto con Simon & Schuster Speakers Bureau: 1-866-248-3049 o visite nuestra página web: www.simonspeakers.com.
Diseño del libro: Debra Sfetsios-Conover y Tom Daly
El texto de este libro usa las fuentes ITC Legacy Serif Std.
Hecho en los Estados Unidos de América
Primera edición en español febrero 2020
También disponible en edición libro en rústica de Atheneum Books for Young Readers
10 9 8 7 6 5 4 3 2 1
Los datos de este libro estan a la disposicion en la Biblioteca del Congreso de los Estados Unidos.
ISBN 978-1-5344-6125-3 (hardcover)
ISBN 978-1-5344-6124-6 (paperback)
ISBN 978-1-5344-6126-0 (eBook)

Para Alma Flor Ada e Isabel Campoy,
héroes de la literatura bilingüe
y para todos los heroicos poetas del futuro

¡Momotombo se alzaba lírico y soberano,
yo tenía quince años: una estrella en la mano!

—Rubén Darío

ABANDONADO

Mi primera memoria no la pude entender
hasta años después: jugaba con animales imponentes
bajo una palma, a mi alrededor ojos amables,
plumosas pencas verdes
y pegajosos bocados de frutas
en los labios de las vacas.

El ganado olía
y era amigable,
con la misma hambre
de palmiche
que yo tenía
de leche.

¿A dónde se fue mamá?
Era muy joven como para tener una noción del tiempo,
pero de algún modo esperaba estar exiliado por siempre
en el enredo musical del golpe de las pezuñas
y el repiquetear de los cuernos, mi propia voz gimiente
que añadía una magia como de flauta
al ruido.

PERDIDO

Cuando recuerdo el abandono,
lo único que siento es mi propia pequeñez.

Los toros que pastaban me ignoraron.
Debo haber sido demasiado diminuto
para parecer
verdaderamente humano.

Patas enlodadas, cara mugrienta.
Si me hubiese quedado en ese mundo de vacas
el tiempo suficiente, quizá me habrían crecido
pezuñas, cuernos,
dos patas más
y una cola como un látigo.

RIMAS SALVAJES

Jaguares, pumas y otros gatos grandes,
serpientes venenosas y murciélagos vampiro...

Cuando mamá me abandonó en la jungla,
¿pensó en todas las criaturas pavorosas
o acaso me ofreció un regalo verde,
la caza furtiva
de tímidas
taimadas
rimas
extrañamente
merodeadoras
que me ayudaran a pasar sano y salvo
a través de una peligrosa
tierra salvaje
llamada
tiempo?

¿YA SOY UN ANIMAL?

Con el repiqueteo de la música rítmica
del rebaño en mi mente ocupada,
traté de mugir como una vaca,
arrullar como una paloma,
luego chillar
y bramar,
únicamente un niñito perdido y solo
cuya voz humana le nació
en un afán de transformar
emociones
bestiales.

No, no era un animal,
pero sí, me sentí agradecido
por las criaturas de cuatro patas
por las nanas que cantaron
a los árboles verdes
y el cielo azul.

Algún día yo también cantaré,
en lugar de quejarme.

ENCONTRADO

El amigo de mi madre me encontró.
Era un campesino enojado que me pegó
unas nalgadas.
¡Pum!
¡Paff!
El repiquetear de las pezuñas
me sonó a una danza, mientras mis amigas —las vacas—
vieron su oportunidad de escapar y me dejaron solo
con el desconocido que gritaba
y me tiró
a la ancha grupa de una mula,
en la que di tumbos y respingos
hasta llegar
a una choza de techo de guano…

pero mamá no estaba ahí
en la casita pequeña.
Se había ido
    lejos.

COMO UN PÁJARO

Ojos negros.
Manos finas.
Pelo oscuro.
Risa de cascada.

Intentar visualizar
a mi madre perdida
se ha convertido en una carrera
de palabras deslumbrantes
que galopan
cada vez
más rápido.

¿Mamá voló al cielo
como un ser alado
o está viva
y escondida?

EL BOCÓN

Un hombre barbudo en un caballo vivaz
me rescató del campesino sombrío.

Atravesamos como un trueno más allá de las verdes colinas
de Honduras, con el ritmo de los cascos haciéndome sentir
como un centauro, mientras galopábamos a través de la frontera
a Nicaragua —mi patria— pero no
al cuartito en el fondo de una tienda
en el pequeño pueblo de Metapa
en donde nací.

En su lugar, fuimos a parar a una vieja casa destartalada
con forma de herradura en la ciudad de León,
en donde por fin me dijeron que mamá quería
que yo viviera AQUÍ
con desconocidos.

Pronto me enteré de que el rescatista barbudo
era mi tío abuelo, llamado El Bocón
por todos los que lo conocían.

El Bocón, vaya nombre apropiado
para un hombre que cuenta relatos fantásticos
con una voz de trueno, más grande
que la vida misma.

Habla de altísimas montañas con cimas heladas,
y de caballeros andantes que pelean contra ogros y dragones,
y de suaves colinas ondulantes en tierras lejanas,
países tan remotos
y asombrosos
que apenas puedo absorber
el fascinante variedad
de nombres exóticos.

¿De veras ha viajado tanto?
¿Francia? ¿California?

Pronto, cuando crezca,
tengo en planes deambular por la tierra
y ser un bocón también
y hablar con la verdad
siempre que lo estime,
sin importarme
si alguien
se va a ofender.

Cualquier parte de la cruda realidad es mucho mejor
que decir mentiras como una madre mañosa
que finge
que solo se irá
por poco tiempo.

ADOPTADO

El Bocón y su esposa,
mi tía abuela Bernarda,
deciden hacerme su hijo.

Él es enorme y ruidoso, ella es pequeña y florida,
con pelo rizo, una voz delicada
y una entusiasta manera de hacer que los niños
se unan a sus canciones, sus fiestas
y sus rezos.

Al vivir en su vasto hogar resonante,
pronto aprendo la habilidad esencial de contar cuentos
a la par de la equitación, la caza, la pesca
y la recogida de frutas silvestres.

El único arte que nunca domino
es convencer a los demás de que en realidad no me importa
cómo
ni por qué
mamá se esfumó.

TANTOS CUENTACUENTOS

La ciudad es tan musical
con las campanas de la iglesia
y los pájaros que trinan,
los tacones que repiquetean
en los adoquines
y los exuberantes jardines verdes
que crecen tan rápido que cada mañana
traen nuevos retoños, cada uno con su propia
fragancia encantada.

El Bocón no es el único que llena
el aire húmedo
con cintas de palabras
que parecen dibujar imágenes...

Serapia es la cocinera que cuenta cuentos que aprendió
de sus ancestros africanos y Goyo el jardinero
habla de nuestra compartida herencia nativa,
mi piel morena y mi pelo negro
tan indio como el suyo.

¿Acaso mamá fue mestiza, medio descendiente de matagalpinos
o pertenece a los pipiles nahua,
los mayas, los chontales, los niquiranos, los chorotegas,
los misquitos o cualquier otra orgullosa nación de la selva?

Cuando me siento en la iglesia, los cuentos que escucho
son incluso más improbables que los fantasiosos relatos
de tierras foráneas de El Bocón.

El cura habla de un hombre
a quien se lo tragó un pez,
de un niño con una honda
que pelea con un gigante,
de arbustos en llamas
y de un asno que habla, pero nadie
jamás menciona niños abandonados
en un pastizal de vacas, así que tal vez la realidad
es la más extraña
y más llena de misterios
terrible
historia verídica
de todas.

MI NOMBRE ES UNA ESTATUA, PERO MI MENTE DEAMBULA LIBRE

Casi me derrito en el calor ahumado de la iglesia,
donde un fragante vapor de incienso se eleva
acunando murmullos
mientras cantamos juntos
antes de salir
al resplandor del sol.

Tía Bernarda me guía a través de la plaza ardiente
y, cuando me quejo, me levantan los fuertes brazos
de Serapia, pero soy demasiado grande para que me carguen
como a un bebé, así que me libero y uso esa libertad
para mirar a los ojos de un jinete de mármol
que se dice que es mi padrino Félix, el hombre
que me dio su nombre
y que me habría adoptado
de no haberse muerto y convertido en piedra.

¿Acaso todos los que alguna vez han estado vivos,
más tarde o más temprano,
terminan inmóviles en un parque tranquilo?

Por lo visto, sí, porque antes de darme cuenta
de lo que ha pasado, ahí también va El Bocón,
enterrado en un cementerio
bajo una lápida mortuoria
sin una explicación clara

más allá del suspiro tranquilo de Serapia
cuando dice que así pasa con los viejos.

Si la vida es una historia
del correr del tiempo,
creo que Dios debería hacer
que rimen todas
las partes tristes.

HOGAR

Sin mi tío abuelo
somos pobres de repente,
así que los viejos cuartos polvorientos
y el patio con forma de huerto
deberían parecer solemnes y silentes, pero no:
Serapia continúa con su cháchara al cocinar
y Goyo aún teje leyendas mientras desyerba
entre los árboles frutales.

Los momentos de serenidad se pasan leyendo
bajo la güira, junto al árbol de granada,
la fruta de las semillas color rubí
que ofrece una aventura tan viscosa,
con su tinte brillante
como una gema reluciente
en el baúl de tesoros de un pirata,
el sabor me hace pensar en la distancia: un barco
que navega rumbo a la puesta de sol, mis manos tan jugosas
que unas cuantas páginas de cada precioso libro
terminan manchadas, como si el cuento hubiese absorbido
una luz resplandeciente de mis propios ensueños
brillantes.

MIS ÁRBOLES AMIGOS

El tronco de la güira es negro,
sus hojas pequeñas y plumosas,
las jícaras secas y útiles
—cada una
un gran pájaro sin alas
que puede ser tallado y convertido en un pozuelo
o un instrumento musical.

La granada también es bella,
con su madera llena de nudos y su fruta con forma de joya.

Cuando me siento a leer a la sombra
de mis árboles amigos, veo una fila de hamacas
y sillones, pero prefiero la tierra,
el hogar natural de las raíces que crecen
y los versos que riman.

NOCHE

Durante el día, me encanta el jardín con forma de corazón
al centro de esta vasta casa, pero después de que oscurece
hasta las habitaciones
son escalofriantes.

La anciana madre de Bernarda cuenta historias de horror.

Serapia y Goyo también comparten cuentos de fantasmas.

Las lechuzas hacen ruidos y ululan desde arriba en el tejado.

Los ratones se escurren
de rincón
en rincón
como cuadrúpedos
mensajeros
del terror.

Si tan solo pudiera olvidar la desaparición de mamá.

Sería mucho más fácil quedarme dormido
en paz.

CAMBIO DE NOMBRES

Siempre he sido Félix Rubén García Sarmiento,
pero ahora Bernarda ya no quiere que cargue
el nombre de mi padrino —esa inmóvil
estatua de mármol
en el parque.

De pronto, se espera que piense en mí mismo
como Rubén Darío.

Es un cambio tan extraño
que parece más otra historia espeluznante,
como si mi viejo ser de repente fuese
un fantasma.

Félix significaba feliz, afortunado, bendito.
Rubén simplemente significa: mira, es un hijo —pero no soy
el hijo real de esta casa, solo un sustituto,
el sobrino, más problemas
de los que valgo la pena.

ASUSTADO POR LOS ADULTOS

Los cuentos que cuentan los adultos
son de una mano peluda
que camina por las calles de noche
como una araña
y de un cura sin cabeza
que deambula por toda la ciudad
y de una bruja con una risa cruel
y de gente común y corriente que sale volando
muy alto por encima de los tejados.

Cada vez que el olor a azufre
se destapa y cubre esta casa,
quiero creer que es solo el olor
del agua de baño en un hirviente manantial volcánico,
pero los ancianos
me advierten una y otra vez
de la feroz lava
y otros
males
volcánicos.

LEVEDAD

Pesadillas
—el peso de preguntas groseras
de visitantes que quieren saber
por qué mi madre
me abandonó.

Esto ocurre casi cada noche
en las tertulias —las animadas veladas de Bernarda
de tenderos y otros adultos chismosos.

Los adultos curiosos deberían saber
que los huérfanos furiosos no tienen ninguna respuesta
a las preguntas sobre padres errantes.

Así que me acuesto
    herido
        por palabras
y me despierto
    con hemorragias nasales
        dolores de cabeza
            miedos

pero las palabras son también mi refugio seguro
por el día, a la piadosa luz del sol, bajo
la güira,
junto al árbol de granada.

Por eso leo, en la mañana,
después de cada pesadilla
—reconfortantes poemas,
brillantes historias de aventuras
y cuentos radiantes
de deseos poéticos
que no riman del todo.

ESCUELA

Yo mismo me enseñé a leer cuando tenía tres años,
pero ahora hay maestros para añadir confusión:
a veces un poeta que me pega
por recitar rimas cuando no es mi turno
y otras veces una india amable,
una mujer
que hornea galletas
y se niega a castigar
a nadie.

Don Quijote, la Biblia, cuentos de horror y comedias,
nunca me canso de explorar la interminable variedad
de historias naturales y sobrenaturales.

Matemáticas, Geografía y Gramática
también tienen su lugar asignado en mi día escolar,
pero la poesía llega de su propio modo,
salvaje como un huracán,
¡una tormenta de vientos turbulentos
y olas de mar!

LOS PRIMEROS VERSOS

Las hermanas del obispo venden caramelos
con forma de pájaros y animales,
golosinas tan deliciosas que aprendo
a cambiar palabras hábilmente rimadas
sobre esas dulces creaciones
por tesoros azucarados
que devoro
con placer.

A veces las hermanas
muestran mis poemas
sobre palomas y corderos
a otros niños,
como ejemplo de trabajo
que merece una recompensa,
pero yo no pienso en la poesía
como una labor, ¡cuando cada rima
sobre una cotorra
o una pantera
me divierte
tanto!

¡UNA EXPLOSIÓN DE VERSOS!

Durante Semana Santa, las calles
son decoradas con arcos
hechos de ramas, verdes cascadas
de pencas de coco y hojas de plátano
junto a flores del corozo
—el marfil vegetal de una palma
que tiene pálidos nudos acorazonados
en los que puedo tallar
pequeñas estatuillas
de colibríes,
con alas tan suaves y blancas
como los colmillos reales de los elefantes.

Plumas, cintas y tiras de papel colorido
cortados en todo tipo de complicados encajes.

La calle frente a nuestra casa parece una juguetería
imaginada y luego hecha realidad por un mago.

En el piso, hay alfombras con imágenes
hechas por artistas que trabajan con aserrín
—cedro rojo, caoba, mora amarilla, ébano negro—
y encima de todos esos fragmentos de la selva derribada,
un arco iris de pétalos de flores, granos de trigo,
maíz, frijoles y otras semillas, como una alabanza
a esta tierra generosa

por la riqueza
de su delicioso fruto.

Me paro al aire libre
deslumbrado por diseños brillantes,
sobre todo el que cuelga justo enfrente
de mis maravillados ojos, una granada dorada
en lugar de la fruta natural de un color rojo rubí.

¿Acaso un artista ingenioso ha cubierto esta granada
con algún tipo de resplandeciente polvo metálico?

¿Es oro en verdad?
Cuando me yergo para tocar
la centelleante escultura,
se parte a la mitad y una lluvia de papel
se derrama: versos, poemas, todos escritos
por mí, ¡los que cambié por caramelos!

¿Son acaso mis retazos de rimas
en realidad tan valiosos
para que las hermanas del obispo
quieran compartirlos
con todos?

Quizá todo cuanto necesite
por el resto de mi vida
sea este estruendoso confort,

¡mi propia tormenta salvaje
de explosiva
poesía!

LEER, LEER Y LEER

Solo hay un modo de mejorar mi campanada de versos.
Por eso leo, leo y leo todas las palabras cuidadosamente rimadas
escritas mucho antes
de que yo existiera.

PRÁCTICA CON FORMAS POÉTICAS TRADICIONALES

Estoy resuelto a escribir una perfecta redondilla
de cuatro octosílabos, con esquema de rima
a b b a:

Busco mil formas de rima:	a
primero una redondilla,	b
después pruebo una quintilla;	b
rimo del suelo a la cima.	a

ME DESAFÍO A MÍ MISMO

Luego, escribo una anticuada octavilla
con dos redondillas y el familiar
esquema de rima
a b b a   c d d c:

El verso inunda la mente.	a
Fluyen largas octavillas	b
hechas con dos redondillas	b
que riman difícilmente.	a
Mezclo imagen y palabra	c
y la mezcla me estremece.	d
Veo que el poema crece	d
sin esquema. ¡Abracadabra!	c

POR QUÉ COMIENZO A ANHELAR
LA IMPROVISACIÓN

Las décimas están formadas por dos octavillas
conectadas por un puente de dos versos octosílabos
con un esquema de rima
a b b a   a c   a c c a,
y las espinelas son similares
solo que terminan con
c d d c.

Las seguidillas tienen versos alternos de cinco
y siete sílabas, con rima asonante
en cualquiera de los versos pares (2, 4, 6), en lugar
de siempre aparecer al final,
perfectamente alineados…

así que comienzo a experimentar cambiándolo todo
y solo dejando fluir al verso, que encuentre su rumbo
¡a un ritmo musical que dance con el aire natural
batido por la tormenta,
llevado por el viento!

¿Por qué obedecer esas estrictas reglas de la rima
cuando los poemas tienen mente, corazón y alma
propios y siempre aman
la libertad?

RIMA ASONANTE

A veces
me encanta
rimar
tan solo el interior
de las sílabas.

Esto aún es un verso
aunque las palabras
parecen guardar misterios internos,
estas vocales con rimas asonantes que se pueden encontrar
en cualquier parte de un verso, no solo al final
tan rígidamente
definitivo.

CADA TRISTEZA

Madre perdida.
Padre muerto.

Incluso el más pequeño
poema tempestuoso
ofrece el suficiente
espacio en rima
para todas
las penas
humanas.

Sí, estoy furioso.
Por eso lleno mis versos con cisnes hermosos
y pavos reales, con la esperanza de que el lector entienda
que este contraste con la fealdad espantosa
reside en el centro de mi ira, porque
siento que me jugaron sucio
con el abandono
y otras crueldades
humanas.

PENAS COMPARTIDAS

Con tanta furia
camuflada dentro de versos gloriosos,
me convierto en objeto de atención adulta.

Las familias me piden que escriba poemas para ser leídos
en los funerales de sus seres queridos.
Mi tormenta de ritmos, con rima consonante
y asonante, se convierte en una extraña
suerte de riqueza musical, que debo gastar
para ayudar a los demás, aun cuando cada furiosa
explosión
de versos
haga daño a mi corazón herido
y a mi mente
acongojada.

CUALQUIER FELICIDAD

Cada domingo, mi familia
hace una fiesta para niñas y niños, con tías,
tíos, primas y primos y otros parientes alegres.

Algunas de mis tías parecen un poco locas,
envueltas en pliegues
y con brillantes zapatos rojos, como si pensaran
que todavía son niñas pequeñas
como sus hermosas hijas.

Estas tías emperifolladas se declaran impresionadas
con mis complejos sonetos rítmicos
escritos para funerales, así que me invitan
a recitar enteras las nuevas rimas,
para mis primas,
niñas generosas con muchas ganas de elogiar
mi talento poético, siempre y cuando sus nombres
sean incluidos en los títulos de los versos.

Garabateo abanicos y firmo álbumes,
mi huracán de palabras siempre inspira
un remolino de sonrisas.

AVENTURAS DE FAMILIA

A veces todos mis tíos deciden
explorar la campiña, así que salimos
dando tumbos y bamboleándonos en una carreta de bueyes
con el duro cuero de las vacas que nos cubre
y nos protege a todos los primos
del ardiente resplandor del sol.

Cuando recuerdo al ganado que me cuidó
después de que fui abandonado por mi madre, pienso que
    preferiría
ser quemado por la luz antes que continuar ocultándome
bajo la piel de un animal amigo sacrificado...

pero los primos cantan durante el trayecto,
felices de salir a la aventura, sin importar
lo espantoso
de nuestro refugio.

Tan pronto llegamos a un río,
me lanzo a nadar y a soñar despierto
y a lavar las memorias indeseadas.

UN MISTERIO FAMILIAR

Tío Manuel es el único tío
que me hace sentir incómodo.

Hay algo en su manera de mirar fijamente,
como si encontrase fascinante mi tímida mirada.

Cuando vamos de excursión por las altas montañas
en las laderas de un volcán humeante,
tengo muchas oportunidades
para escaparme de él.

No soporto el modo en que siempre hace
tantas preguntas sobre la desaparición
de mi madre.

En la lluviosa jungla verde, hago lo posible por mantenerme lejos
de su fusil de trueno y en la orilla del mar
prefiero escuchar los horripilantes cuentos de fantasmas
de mis primos mayores.

¿Por qué este tío en particular
siempre me hace sentir tan vulnerable?

ACAMPADA FAMILIAR

Dormimos en cobertizos
hechos de frondosas ramas verdes,
todos los niños nos escurrimos
a medianoche
para perseguir cangrejos rojos,
ver tortugas enormes
y soñar bajo
las relucientes estrellas
que se deslizan
a través del oscuro cielo
y forman las antiguas formas
de las magníficas constelaciones:
un caballo alado, un delfín,
un dragón, la Vía Láctea.

¿Ese cazador hecho de estrellas
usa sus flechas para cazar ciervos comunes y corrientes
o acaso busca tesoros que nadie en la tierra
jamás ha imaginado?

Quizá lo único que quiere perseguir es el brillo
de su propio entorno celestial.
Las anécdotas me vienen con facilidad
al combinar viejos cuentos de hadas
con mi propia y curiosa avalancha
de nuevas visiones.

Al mirar a las estrellas a la intemperie,
recuerdo los cuentos de *Las mil y una noches*
y luego los cambio.

Don Quijote.
Los poetas españoles del Siglo de Oro.
Leyendas nativas de los misquitos.
Todos vienen a tiro cuando se trata de cazar
los deseos aún por escribir de las estrellas.

TESTIGO

Una noche, decido dejar la muchedumbre
de primos ruidosos, para poder mirar a las estrellas
solo y convertir mi visión del radiante cielo
silvestre
en nuevas rimas.

A la orilla de un pantano, me encuentro una escena
tan escalofriante que me pregunto si estoy soñando.
Al lado de una carreta de bueyes, dos hombres pelean con
    machetes
hasta que la mano de uno sale volando por el aire oscuro,
cercenada.

¿Debería contarle a alguien lo que he presenciado
o los prudentes adultos se negarán a escuchar
este cuento de un crimen violento presenciado por un niño?

¿No es acaso la labor de los poetas transmitir verdades,
tanto las horripilantes como las hermosas?

Sí, tendré que contarlo y quizá algún día
también pondré esta aterradora memoria por escrito.

SUFRIMIENTO

Esos hombres que pelearon solían ser amigos,
pero bebieron tanto ron que se olvidaron
del afecto, y ahora
el que mutiló al otro
tiene que vivir con la culpa
por el resto de su vida.

De todos mis tíos revoltosos, Manuel es el único
que bebe tan fuera de control que es fácil imaginar
la violencia que conducirá a crímenes horribles
como manos cercenadas.

¿Es por eso que me mira con tanta extrañeza,
porque sospecha que he decidido convertirme
en el tipo de poeta sensible que nunca ignora
la injusticia, sino que la escribe en una verídica
música de deseos?

Tan solo tengo once años,
pero eso es tiempo suficiente
para crecer, aprender y conocer
mi propia alma.

HURACÁN

De vuelta en casa, cuando una explosiva tormenta tropical
arrasa con el pueblo de León, la valiente Bernarda
se enfrenta al ataque del viento rugiente
y la tormenta torrencial
con pacíficas hojas de palma.

Todas mis tías se reúnen para poner las pencas verdes
como decoraciones destinadas a proteger paredes y techos.
Luego tejen coronas de hojas para que se las pongan
los niños cantantes.

Al sentirme como un héroe de una historia antigua,
llevo mi gloriosa corona de hojas con orgullo
mientras cantamos plegarias que todos hemos memorizado
precisamente para estas peleas contra el poder
del cielo rebelde.

Las palabras, insisten mis valientes tías,
son armas más efectivas
que las espadas.

ESCÁNDALO

Una vez que el aire vuelve a la calma,
la gente en la iglesia se enfurece más y más.

En esta ciudad, siempre hemos tenido una tradición
de escribir notas a Dios, en las que ponemos al descubierto
   secretos
que serán quemados tan pronto como los curas
terminen de orar acerca de todas nuestras cartas privadas
sin leer una sola palabra.

Cuando veo a Bernarda doblar cuidadosamente
el papel que contiene las confesiones de nuestra familia,
me pregunto si su carta podría incluir algo
acerca de la desaparición de mi madre o de la identidad
de mi difunto padre.

Confiamos en los curas.
Son hombres amables que dan chocolates a los niños.
Aun así, en este caso resulta que son deshonestos.
Alguien los descubre leyendo la cesta de notas
de todo el pueblo, entre risas y susurros
acerca de nuestras vidas secretas.
Es una afrenta tan seria
que son expulsados,
dejando a los niños de nuestro pueblo
sin chocolates
ni algo en qué creer.

No sé qué es peor,
mi repentina conciencia de que los adultos
conocen toda suerte de secretos torcidos
o mi imaginación
que se dispara
y crea historias que podrían ser
incluso más horribles
que esas cartas dobladas
llenas de verdades ocultas.

Cuando todas las confesiones son finalmente quemadas,
contemplo la cesta de cenizas y todavía me pregunto
si ese polvo de papel contiene algún relato
sobre mis padres.

RIMAS REBELDES

Si los curas pueden romper las reglas, yo también puedo.

Once sílabas
seguidas de tres.

Siete versos
o veinte.

Puedo escribir un poema
en cualquier forma, tan solo con inventar
mis propias métricas, formas
y estilos nuevos.

Nadie me puede decir qué pensar
ni en qué creer, ahora que
por fin
tengo doce años.

ACROBACIAS DEL CORAZÓN

¡Me enamoré!
Sí, tan solo tengo doce años, pero quizá ella
no sea mucho mayor...

Se llama Hortensia y es artista
de un circo ambulante, una saltimbanqui,
una trapecista
de Norteamérica.

Los maestros siempre me han dicho
que los Estados Unidos son un lugar enorme
lleno de políticos brutos
que quieren invadir a todas las naciones pequeñas
de Latinoamérica, pero Hortensia
me ha conquistado
con cabriolas aéreas
en lugar de balas.

Todo el circo es magnífico: magos, músicos,
malabaristas, jinetes que hacen maromas al galope, extraños
espectáculos secundarios,
animales raros y Hortensia
y sus extraordinarias
volteretas acrobáticas,
piruetas
y saltos imposibles,

¡el vuelo altísimo
de una muchacha
que es un pájaro!

CUANDO TE ENAMORAS, CADA PALABRA ES MÁGICA

Si no veo la actuación acrobática
de mi amada
y escucho su voz
cada día
por el resto de mi vida,
estoy seguro
de que mi corazón
se partirá en dos
como la granada dorada
durante Semana Santa
y todos mis versos tempestuosos
se derramarán
y se hundirán en lo profundo
de la tierra baldía,
rotos,
sepultados.

EMBUSTERO

No tengo dinero suficiente
para ir al circo cada día,
así que tengo que inventar muchas
maneras tramposas
de entrar.

Una noche, llevo un violín
y finjo que soy uno de los músicos.

A la tarde siguiente, cargo un bulto de papeles
para hacerme lucir como un funcionario.

Por fin, luego de mucho tanteo,
descubro que al payaso le encanta la poesía,
así que tan solo cambio
versos rítmicos
por boletos.

Sus favoritas son las rimas románticas,
que imagino que recitará como si fuesen
sus propios poemas sinceros, siempre que
se enamore tan profundamente
como este esperanzado
embustero
de doce años.

Incapaz de imaginar
la vida sin el circo,
me presento a una audición, pero mi cuerpo de poeta
no es capaz de pasar todas las pruebas
del talento atlético
y termino cara a cara
con la insoportable partida
de Hortensia.

SENTIR QUE NO VALES NADA

El fin del primer amor es un acto de trapecio
                un desafío

sin
        ningún
                entrenamiento

o
    una
    red.

El circo no me permitirá que me escape con ellos
así que cuando la caravana de maravillas aéreas
se va,
sólo me quedo
con mi derrumbada,
caída,
terrenal
tristeza.

SENTIR QUE TIENES VALOR

La musa que vino de mi admiración
de una dramática y hermosa acróbata extranjera
ahora hace que mis poemas parezcan brillar.

Todos a mi alrededor
coinciden en que he crecido.

El terreno en donde estaba el circo
es tan solo una masa dispersa de tierra pisoteada
y tengo que regresar a la escuela,
pero mientras me siento sin mover un dedo,
forzado a escuchar
las rígidas lecciones de gramática,
mi mente divaga por las viejas rimas
y las recrea una y otra vez
con nuevas formas.

Sí, los corazones rotos sirven para algo:
escribir versos que alivien
a los demás.

EL NIÑO POETA

La gente me llama *el niño poeta,*
un sobrenombre que me sigue a dondequiera que voy.

Mi primera publicación de un poema es en un periódico
en la ocasión de la muerte del padre de un amigo.

De pronto soy famoso
en todas las naciones de Centroamérica.

Así que me dejo crecer el pelo,
como mis ancestros indios,
y me lo recojo en una cola de caballo,
y me pienso un rebelde
y con el tiempo hago un esfuerzo consciente
por descuidar mis estudios,
especialmente las matemáticas.

Peleo con los chicos,
coqueteo con las chicas
y me niego de plano
a escuchar a los adultos.

¿Cómo puede la tía Bernarda seguir diciéndome
que espera que yo sea un aprendiz
de sastre?

¿Por qué habría yo de coser

los feos trajes de los hombres ricos
cuando puedo tejer
hermosas palabras
en una riqueza
de valiosos versos?

UN TERRIBLE SECRETO
POR FIN ES REVELADO

Un día, un vecino me invita a conocer
a una mujer vestida de negro que jura
ser mi madre.

Esta madre perdida y encontrada me da caramelos
y regalitos, aunque casi tengo trece años,
demasiado viejo para que me distraigan con juguetes y golosinas.

Me entero de que nunca se murió.
Tan solo escogió engañarme.
No me quería, pero ahora me quiere.
¿Será porque soy famoso y se imagina
riquezas?

El perdón es una pregunta
que aún no puedo responder.

Después de todo, ¿cuánto tiempo le tomará a ella
perdonarse a sí misma: siglos,
milenios, una eternidad?

UN SECRETO CONDUCE A OTRO

Tan pronto como mi madre desaparece de nuevo,
me pregunto cuánto sabía la tía Bernarda
y por qué El Bocón nunca me lo dijo
y sí, por supuesto, naturalmente, lo próximo que debo
preguntar
a mi tía:
    ¿Mi padre
    también
    está vivo?

DESPIADADAS PESADILLAS
ME ATACAN

Cada hora de oscuridad
    es un indeseable foso de rabia,
inyectado por este nuevo conocimiento de que
    sí, papá está vivo
y ya lo conozco,
    ¡de hecho, lo detesto!

Soy el hijo de tío Manuel,
el borracho.

No en balde siempre nos hemos mirado el uno al otro
con tamaño odio y semejante sospecha.

Por el día, voy a su lujosa tienda tan solo a mirar.
¿Para qué confrontarlo? ¿Qué le podría decir?

Al caer el sol, sufro solo,
    incapaz de dormir
sin soñar
    con un pálido espíritu
sin cara
    sin brazos
sin dientes
que me alcanza,
        su contacto tan alarmante
como el abrazo zigzagueante

de la sacudida de un relámpago,
   eléctrico
      hirviente
con olor a azufre
            y un sabor
               como la grasienta cera de las velas
         siempre que pataleo y tiro dentelladas
            intentando defenderme
      protegerme
de la tristeza
      de un sueño
malvado.

DESPUÉS DE LA TRAICIÓN

Al alba, las pesadillas desaparecen,
reemplazadas por las terroríficas anécdotas de Bernarda
acerca de los hermanos de mi madre: Ignacio,
a quien mataron en un duelo, y Antonio, arrastrado
detrás de un caballo durante una revolución.

Por lo visto, la historia de mi familia
siempre estuvo plagada de tragedias.

Mamá se casó con Manuel y se divorció
antes de que yo naciese, producto de su borrachera,
pero entonces él se casó con una de mis tías y ahora
tengo que vivir con su inquietante presencia
así como con la espantosa memoria
de la ausencia de mi madre.

Quizá es mejor decir que no tengo padres
que tener estos dos que no sabrían qué hacer con un hijo.

No importa cuán difícil parezca,
siempre encontraré un modo de perdonar
a Bernarda por guardar secretos
tan profundamente
dolorosos.

Si ella no me hubiese adoptado,

ahora mismo yo podría ser
un niño salvaje
criado por las vacas.

SOÑAR CON LA FUGA

Inquieto.
Desesperado.

Algo en mi mente me está convirtiendo
en un vagabundo, amargo y distante.

Me parece tan natural ahora
pensar en mí mismo como en quien no tiene un techo.

Qué consuelo puede haber en los sosos artículos
que vendo a periódicos, para ganar dinero
para ayudar a una mujer que pensé que era mi madre
por tantos años, cuando durante todo ese tiempo, Bernarda sabía
que mi verdadera mamá
estaba viva y no tenía ningún deseo
de conocerme, mientras que el padre
que desprecio
era incluso
peor.

POESÍA IMPERFECTA ES
MI ÚNICO REFUGIO

La paz azul del cielo.
Alas.
La imagen de unas aves de paso.
Júbilo.
Hago lo que puedo, pero el resentimiento
está decidido a invadir
mis versos.

El perdón.
No para mis padres verdaderos,
no.

Quizá algún día, luego de haber visto
este ancho mundo de maravillas,
como hiciera El Bocón, el errante.

Mientras tanto, uso mi voz escrita
con fuerza, garabateando protestas contra cualquier
injusticia, en especial los crímenes
de traiciones
personales, emocionales, egoístas.

FRAGMENTOS

Ninguna tristeza
jamás es lo suficientemente grande
para destruir
el consuelo de la naturaleza,
así que me las arreglo
para salvar
tajadas
de alegría
remando a favor y en contra de la corriente en la costa selvática,
solo en un pequeño bote, atravesando ciénagas
y enredados manglares, mientras miro al océano
en donde los barcos a vapor se alejan
rumbo a tierras distantes.

El mar es hermoso y la brisa
trae un aroma de flores del bosque.

Mi horizonte es vasto, un ilimitado universo
de versos futuros.

CANCIONES DE VIDA

Trece años es una edad
de anticipación.

Pronto seré un adulto,
listo para los viajes
y el amor.

Cada vez que veo una estatua en un parque
imagino que podría
cobrar vida,
dando vuelta al proceso
que preserva a los viejos soldados
como rígidas esculturas.

Entonces garabateo un cuento espeluznante
en la medianoche: soy el bloque de mármol
esculpido
y a la espera
del mañana.

CATORCE

Encuentro trabajo como maestro de Gramática, y escribo
para un periódico llamado *La Verdad*.

Pero la verdad nunca es popular
entre líderes corruptos
que dependen
de la mentira.

Por eso cuando el gobierno desaprueba
mi escritura, pierdo el deseo de hacerlo todo
excepto escuchar.

Me siento en la calle junto a Manuelita —una mujer
que vende cigarros— mientras cuenta historias
de caballos voladores, genios mágicos
y laberintos interminables
    en los que los héroes de antaño
        siempre andaban
deambulando
    y terminaban

perdidos.

El perrito de Manuelita
les presta atención a estas historias
y luego escucha atentamente

mis improvisados versos
acerca de los mismos mitos.

El perro se llama Laberinto,
aunque Laberinto suene
como un concepto demasiado complejo
para su oscilante cola
y sus ojos amables.

Ya soy un fracaso
como reportero, ¿así que cuánto tiempo
pasará
    hasta que encuentre
        mi propio
camino
        a través
de los enredados
    laberintos
de la vida?

MELANCOLÍA

La tristeza me transforma.
Siento como si una mano invisible
me empujase
a lo desconocido...

pero la gente viene a León
para echarle un vistazo al famoso Niño Poeta
que nunca decepciona.

Siempre estoy listo para entretenerlos
con mis versos apasionados.

No hay mayor inspiración
que la tristeza, pero ay, Dios,
con cuánto gusto
cambiaría
este sentimiento
de ineptitud
por un viaje, una aventura, una travesía esperanzada
como aquellas de las que solía leer a la sombra
de mi querida güira
y mi granada.

UNA INVITACIÓN

Los senadores vienen a León
tan solo para escuchar al Niño Poeta
leer un huracán de versos.

Cuando concluyo la actuación
me invitan a visitar Managua,
la capital de Nicaragua
¡y ahora todos mis ensueños
de ver mundo
de repente
se hacen realidad!

MUDARSE LEJOS DE CASA

Siento que tengo alas.
El sol me llena el aliento, los pulmones...

Soy tan afortunado como uno de los desahuciados
personajes de Víctor Hugo en *Los miserables*,
un poeta testigo aceptado por hombres influyentes
a pesar de mi vasto rango de fracasos previos.

Me voy con la bendición de Bernarda,
pero pronto, cuando paso las tranquilas aguas azules
del lago Xolotlán
y el volcán humeante
llamado Momotombo,
comienzo a cuestionar
si mis rimas provincianas
alguna vez serán lo suficientemente elocuentes
para los habitantes de la ciudad...

pero tengo quince años y una estrella
de esperanza atrapada en la mano, así que mantengo mis ojos
elevados hacia el futuro
cielo sin límites.

UN PERSONAJE CÉLEBRE

¿Cómo podría haber imaginado
que ya era tan famoso
que me mostrarían en fiestas y banquetes oficiales,
en los que damas elegantes me iban a pedir sin cesar
que les escriba poemas originales
en sus sofisticados abanicos de seda?

Sonetos acerca de su belleza
—imagino que eso es lo que esperan
y a veces es el tipo de verso
que puedo generar sobre la marcha,
pero hay otros días
en los que lo único que quiero decir
es la verdad
y servir de testigo
honesto de la historia.

UN ACTO DEL CONGRESO

Los senadores votan con respecto a mi futuro
y deciden enviarme a Francia.

¡En París, recibiré
toda una educación de ensueño
al estudiar con los grandes maestros
europeos de la poesía!

Hace todos esos años durante Semana Santa
cuando vi mis propios versos de infancia
que llovían de una granada dorada,
no habría modo de predecir
este nuevo aluvión
de afortunadas
bendiciones.

DESILUSIÓN

El presidente de la república
destruye toda esperanza de una educación financiada por el
    estado.
Usa su poder de veto para negar el acto del congreso
aprobado en mi honor.

Califica a mi poesía de insultante,
aunque el verso que objeta
es una parábola acerca de un gobernante furioso
que hace añicos su corona contra un trono.

Sí, claro que voy a continuar criticando
a líderes tontos donde los encuentre.

Esa es una decisión que tomé a la orilla de un pantano
cuando vi la mano cercenada de un hombre volar por los aires.

Los poetas deben hablar, sin que importe el castigo.
Somos espectadores con voces musicales que atestiguan
en los tribunales
de la naturaleza
y de la vida humana.

UN MUNDO DE LIBROS

Varado en esta frenética ciudad,
tengo que encontrar un trabajo, así que decido postularme
a la Biblioteca Nacional y, a pesar de ser tan joven,
los bibliotecarios me aceptan en su tesoro
de pensamientos antiguos y modernos.

¡Versos de tantas naciones!
¡Fábulas, mitos, fantasías, traducciones!
Griegos y romanos
junto a aztecas y mayas.
La sabiduría de tantas civilizaciones
se arremolina, se mezcla y se cuela en mi imaginación
a través de enredadas entradas.
¿Por qué mi poesía no iba a poner a Pegaso
al lado de Quetzalcóatl?

Mis ancestros son españoles
e indios,
así que mi mente mestiza acoge
la mezcla.

PENSAMIENTO INDEPENDIENTE

El silencio de esta biblioteca es misterioso.
Cada libro ofrece un regalo de posibilidades.

En poco tiempo escribo mientras leo,
combino mi propio infinito
sentido del asombro
con todas las maravillas
que ya han sido contadas en sorprendentes relatos
de la historia, sagas de viaje, la naturaleza,
las familias, los conflictos y el amor,
siempre el amor...

Pasan días, semanas, meses.
No hay nada que pueda impedirme
pasar toda una vida
inmerso en esta interminable
exploración de las páginas, excepto...

ENAMORARSE ES UN PRECIPICIO

n
o

u
n
a

p
e
n
d
i
e
n
t
e.

Tan pronto como caigo en picada, sé por seguro
que todos se van a oponer, porque
ella también es tan joven y lo único que queremos
es casarnos de inmediato.
No hay razón para esperar.
Los adultos no
nos pueden
detener.
¿O acaso pueden?

ESTE ALUVIÓN DE VERSOS

Apasionados poemas de amor vuelan de mi pluma,
publicados en periódicos, para que incluso los desconocidos
sepan
cuánto la amo,
a la muchacha de ojos verdes,
piel canela, sonrisa deslumbrante
y una voz mágica que puede cantar
cualquier encantamiento.

En un jardín de mariposas azules
y de florecientes flamboyanes
miramos juntos
las estrellas.

Manos entrelazadas.
Silencio absoluto.
    ¡El primer
    beso!

INCERTIDUMBRE

¿Y si no me ama lo suficiente
para aceptar mi propuesta?

¿Cómo podría esperar años para casarnos,
hasta que ambos seamos más viejos, más sabios y tanto más
aburridos?

EGOÍSMO

Un amigo se enferma.
Mi amada le lleva medicina
a la cabecera.

En vez de simpatía por el sufrimiento de un joven,
lo único que siento es este frenesí de envidia, como si el amor
me hubiese convertido
en la bestia monstruosa
llamada celos.

TORMENTO

Irracional, eso es lo que soy,
tan solo un adolescente niño poeta,
ingenuo, codicioso, quizá incluso
verdaderamente malvado.

Nadie podría ser más cruel conmigo
de lo que estoy siendo yo mismo.

¿Dónde están todos esos adultos entrometidos ahora
cuando de repente me hace falta
su sabiduría?

NATURALEZA

Me paro a la orilla de un lago azul
solo.

Sobre mí
se elevan las blancas nubes y las garzas
hacia algún fabuloso cielo
desconocido…

mientras que aquí abajo, las palomas aletean,
las alas rápidamente entran en mis pensamientos y me llenan
de una inquietud
    que de algún modo
        con el tiempo
            flota
                hacia
                  la paz.

UNA DECLARACIÓN DE AMOR

Cuando anuncio mis intenciones
todos mis amigos mayores se ríen, me dan palmadas en la
   espalda
y niegan incrédulamente con la cabeza.

Poetas, editores, bibliotecarios, hasta senadores,
todos comparten la misma perturbadora idea de que el
   matrimonio
es un trabajo arduo y debe estar reservado para adultos
maduros, educados, responsables.

Quizá tengan razón, pero no lo comprobaré pronto
porque hacen una colecta, todos
donan monedas para comprarme un boleto que dicen
me llevará a otro país
en donde me tendré que quedar hasta que sea mayor
y más sereno.

INCOMPRENDIDO

Los adultos piensan que lo entienden todo,
mientras yo no sé si alguna vez comprenderé
nada.

Si el matrimonio está hecho solo para los adultos
¿por qué los adolescentes siempre padecen
tanto mal de amores?

¿No debería haber algún modo fácil
de hacer que la pasión
sea paciente?

Hay una vía, supongo,
al derramar
todos mis tempestuosos
pensamientos y sentimientos
en la poesía…

UNA TURBA DE ADULTOS

Los amigos
me empacan la maleta
me arrastran al puerto
me empujan al barco
y me envían lejos
de la ensoñación
llamada amor.

EXILIO

Desde la cubierta del barco
veo un puerto: La Libertad, El Salvador.

Ahora que estoy en un país foráneo
en donde no conozco a nadie, ¿qué debería hacer,
intentar regresar cruzando la frontera
hacia las memorias de la infancia,
o quedarme y pedir a los desconocidos
que me ayuden?

ME RETO A MÍ MISMO

El coraje
es un reto.

Así que lo aceptaré.
Tengo que hacerlo. ¡Lo haré!

Creer que era un huérfano
durante tantos años antes de enterarme de la verdad
de mis deshonestos padres
me ha acostumbrado
a esperar el rechazo,
pero ahora, en lugar
de permitirme sentir solo miedo,
reclamo una llama
de confianza
tan fuerte como una
de las audaces historias
de El Bocón.

Sí, me aferro a la acción más valiente que se me pueda ocurrir
y confío en mi imaginación como guía.
Con valor, me bajo del barco
y encuentro una oficina desde la que puedo enviar
un cortés telegrama
al poderoso presidente
de El Salvador.

Me nombro el Niño Poeta
de Centroamérica
y uso la fama como un puente
entre naciones.

ÉXITO INESPERADO

La respuesta llega de inmediato.
Una calurosa bienvenida y una invitación.
Un cochero.
Un carruaje.
Caballos.

En breve, voy rumbo
al mejor hotel
de la capital, con refinadas comidas,
espectaculares cantantes de ópera
y una oportunidad de visitar
el palacio presidencial.

Por lo visto, mi reputación de niño poeta
se extiende mucho más allá de las fronteras de Nicaragua.

EL ENCUENTRO CON OTRO
HOMBRE PODEROSO

Rodeado de guardias,
no puedo admitir que echo de menos mi tierra,
que siento el corazón roto, nostalgia, soledad...

así que hablamos de versos y el presidente expresa
su admiración por mi poesía.

Entonces pregunta: ¿Qué deseas?

Esta sorprendente pregunta me hace dudar.
Anhelo decirle la verdad sobre la muchacha de ojos verdes
y mi sueño de un matrimonio inmediato,
pero temo la misma reacción que he encontrado antes
entre poetas y senadores: una risa insultante.

Entonces, ¿qué debería pedir un niño poeta?
Una buena posición social, me atrevo a decir tímidamente
e imagino que una buena posición social cambiará
de parecer a los adultos con respecto a lo demás, pues la
    riqueza
es comúnmente confundida con la sabiduría.

UN REGALO DE RIQUEZAS

Con el pelo largo y muy delgado,
regreso al elegante hotel
con quinientas monedas de plata
y un regalo del presidente.

Me siento afortunado y agobiado
como el pastorcillo pobre de un cuento de hadas,
pero en esas historias siempre hay un grupo
de tres tareas imposibles.

Por tanto, ¿qué pedirá el presidente
a cambio? ¿Versos en su honor?

¿Y si fracaso?

Este no es un mundo mágico.
Las pruebas serán desafíos
a mi carácter, no hechizos
proferidos por las brujas.

RIQUEZA MALGASTADA

¡Fracaso tan rápidamente!
Cuán fácil es gastar
cuando tantos de los poetas locales vienen en desbandada
a saludarme y conozco a tanta gente amigable
y el hotel es un lugar tan cómodo para celebrar
con elegantes pedidos de comida y bebida para todos.

Desde que me enteré de que tío Manuel
es mi padre verdadero, me he preguntado si me volveré
también un borracho.

Por lo visto, ya lo soy.
Demasiado ron, todo el dinero acabado,
peleas estridentes,
comportamiento salvaje,
hasta que me encuentro
desalojado
y escoltado
hasta la puerta
por un severo
comisario.

CASTIGO

En lugar de la buena posición social
que deseaba, de repente soy un prisionero.

El furioso comisario
me lleva a una escuela
en donde me informa
que por orden
del presidente
de El Salvador,
me tengo que mantener fuera de las calles
y cumplir mi sentencia
impartiendo clases de Gramática.

Estoy perdido.

¿Cuánto tiempo tendré que recitar
reglas memorizadas, en lugar de escribir
mis propias verdades libres?

LOS ESTUDIANTES TIENEN
MI PROPIA EDAD

¿Qué les podría enseñar
que no los haga quedarse dormidos?

Trabajamos con verbos irregulares, conjugaciones
y puntuación, hasta que por fin me decido
a experimentar.

Primero, hago la prueba con hipnosis,
un pasatiempo que aprendí
en el circo.

Luego vienen las cartas de amor, porque por supuesto
que nada fascina más a los chicos de mi edad
que las chicas, y nada complace más a una joven muchacha
que los versos, sobre todo
cuando los poemas
están enmarcados
dentro de los formales
jardines de la prosa.

Aprender gramática es fácil para los estudiantes
que atesoren un propósito amoroso.

UNA VERDADERA PRISIÓN

Algunas escuelas tan solo parecen tener paredes,
pero de aquí
el director nunca me permite salir
durante
nueve meses.

ELOGIO A LA LIBERTAD

El tiempo pasa tan lento
como todos los siglos de la historia,
pero las cartas de amor son perfeccionadas
y los estudiantes reciben notas brillantes.

Cuando el presidente escucha los informes
de mi éxito como maestro, me invita
a escribir un elegante poema para la celebración centenaria
en honor a Simón Bolívar, el valiente libertador
de la mayoría de las Américas.

Las segundas oportunidades son bendiciones escasas,
y sé que si fracaso, podría terminar
de maestro de Gramática por siempre, así que hago
un honesto esfuerzo por elogiar la libertad
y envuelvo mis rimas y mis ritmos
en un velo de esperanza tan armonioso
como el cielo azul
y el mar azul.

UN MODO DIFERENTE DE LIBERTAD

El centenario de Bolívar
representa una liberación temporal
de mi prisión, la escuela.

Una recitación dramática, luego una fiesta,
una verbena tan maravillosa, en la que de nuevo
me enamoro de una muchacha
de mi edad.

Pongo la mesa
para huéspedes invisibles: Homero,
Píndaro y Virgilio,
del mundo antiguo,
y Cervantes,
el autor
de *Don Quijote*.

Entonces hago un brindis por cada uno,
hasta que estoy tan borracho que bien podría ser
un caballero en su caballo que desafía a un molino
a un duelo, como si en realidad fuese un gigante con enormes
espadas
que giran…

SOY MI PROPIO PRISIONERO

Oh, ¿por qué bebí tanto
y desperdicié mi preciada libertad
y me condené
a la desaprobación de los adultos?

Enamorarme
me hizo hacer el ridículo.

Brindar por poetas muertos
me llevó a la borrachera.

Ahora tendré que enfrentarme
a la furia
del presidente,
pero antes…

VIRUELA

Llagas que supuran, dolor, miedo...

El horror de las cicatrices, probablemente la ceguera
y la posibilidad de la muerte...

Dejo a un lado, a medio terminar,
cartas apasionadas.

Para el momento en que por fin termina este calvario,
encuentro imposible de creer que alguna vez haya deseado
riqueza, elogios o fama cuando claramente
lo único que importa en la vida
es el amor
y la salud,
dos tesoros que valen
una celebración.

LAS MATEMÁTICAS DE LA IRA

Los hombres poderosos pueden hacer cualquier cosa que
    quieran
aun cuando eso signifique escuchar cotilleos.

Rumores de celebraciones desenfrenadas bastan
para que el presidente me envíe de vuelta
a mi propia nación, el famoso Niño Poeta
abochornado,
caído en desgracia.

He sido abandonado por dos padres,
odiado por dos presidentes y desterrado dos veces
tan solo para mantenerme separado
de muchachas
que aman
el verso.

Por eso mi rabia contra la autoridad se duplica
y mi devoción
a la poesía rebelde
se multiplica.

A LA ESPERA DE CRECER

Por lo visto, mientras estuve lejos,
mi muerte producto de la viruela fue anunciada
en el periódico, así que cuando reaparezco,
Bernarda y toda mi familia y mis amigos
están tan aliviados que perdonan
los rumores de mi escandaloso
comportamiento.

Por estos días, Nicaragua tiene un nuevo presidente
que me asigna un aburrido trabajo secretarial
que me permite el suficiente tiempo libre
para escribir cuentos y poemas.

¿Qué se podría decir de sentirse suspendido
entre la infancia y la madurez?

Cada día es un camino de sueños
que me conduce a mi futuro: la libertad adulta.

SIN AMOR EN MI PROPIA TIERRA

En las cálidas noches, me acuesto
en un muelle de madera junto al lago,
libre de mirar a las estrellas mientras escucho
la rítmica música de las olas.

Ensueños y deseos,
excursiones a inclinadas pendientes volcánicas,
crepúsculos de mirar pájaros,
atardeceres de observar
tortugas, monos,
pescadores, campesinos
y cazadores de cocodrilos.

¿Y luego qué?
¿Siempre me pasaré
todas mis horas solo,
recopilando visiones, palabras,
ritmos y melodías
para mi solitario
remolino
de versos?

ESCRIBIR, ESCRIBIR Y ESCRIBIR

Estoy solo, así que paso el tiempo practicando
imitaciones de estilos franceses, cubanos
y los de los griegos antiguos.

En un poema, imito los versos
de quince diferentes poetas españoles clásicos
y lo hago con tal destreza que cada crítico
puede identificar a los maestros que he escogido
como mis difuntos guías.

Memorizo diccionarios, en español y en gallego.
Luego traduzco poemas franceses y los escritos
por los misquitos, gente de la costa caribeña
con su lengua nativa que es un tesoro para mí,
no una vergüenza, del modo que tantos
poetas arrogantes que solo aprecian Europa
podrían suponer.

BARES

Beber
demasiado
confunde
mis versos.

¿Alguna vez aprenderé
a controlar
esta
maldición?

Los poemas que garabateo
cuando estoy borracho
tan solo suenan a una tonta
lástima por mí mismo.

CUANDO ESTOY SOBRIO

Terza rima en endecasílabos:
un estilo de estrofas de tres versos
en los que el verso del medio rima
con el primer y tercer verso
del próximo terceto.

Ninguna forma poética es demasiado compleja.
Estoy decidido a reclamar siempre
libertad
para experimentar...

pero aún también me encantan los versos con formas
　　impensables
e imaginativas historias contadas en prosa,
con huracanes de palabras
con respecto al mundo
y no solamente a mis propias
emociones
explosivas.

SED DE VER MUNDO

Pasan meses, luego años.
La vida es tranquila, pero pronto
comienzo a imaginar aventuras.

Un nuevo comienzo, lejos, quizás incluso
en los Estados Unidos…

Es el país que engendró a William Walker,
un loco que intentó conquistar Nicaragua,
pero es también el lugar de nacimiento de tantos poetas:
Emerson
Whitman
Poe…

Desde que mi madre me abandonó
en aquel potrero, me he sentido como un vagabundo
sin hogar.

Ahora sueño con deambular de un modo nuevo,
voluntariamente, en lugar de producto de un abandono.

POR FIN

Para un poeta nacido en la pobreza,
la forma más probable de publicar un libro
es por orden del gobierno.

Ahora, ha ocurrido, el presidente de Nicaragua
ha decidido apoyarme, así que un volumen
de mis versos
va a ser imprimido,
¡casi
un milagro!

EL ALMA DE UN POEMA

Todos mis amigos mayores me dicen
que, tan pronto como se imprima mi libro,
me debo olvidar de los distantes Estados Unidos
y navegar en dirección contraria, a Chile,
la nación más rica de Latinoamérica,
en donde todo poeta es publicado en español.

La vida de un verso, insisten, se encuentra
en su idioma original, sin importar cuán universales
sean las emociones.

Únicamente un traductor verdaderamente brillante
podría transportar el reluciente corazón de un poema
de un mundo a otro.

Soy como un pez, me aseguran mis amigos,
que nunca puede ser desplazado sin riesgo
de un río tropical de aguas dulces
a cualquier norteño mar salado.

EL BORDE DE LA TIERRA

Ya ahora soy casi un adulto,
pero cuando pienso en la distancia
me siento pequeño.

Chile está en la punta más al sur
de Sudamérica,
a miles de millas y solo se llega
luego de soportar
un largo viaje en el océano.

No importa cuán hermosas y musicales
sean las olas, aun así sentiré mareos
y soledad.

La simple idea
de una travesía tan desafiante
me da melancolía por el hogar de infancia
en León.

La sed de ver mundo
es una fuerza poderosa
que deja al viajero entusiasta
con la añoranza de vivir
dos vidas
a la vez,
una de aventura
la otra
de paz.

PREPARATIVOS

Un amigo me presenta
con cartas de recomendación
a un poeta en Valparaíso
y a un hombre rico en Santiago.

Se hace una colecta
hasta que tengo un puñado
de viejas monedas de oro
peruanas.

Llegaré a Chile con nada más
que papel, una pluma, este poco dinero
y la estrella de la esperanza
que aún calienta mi mano...

pero no habrá manera
de ganarse la vida
si mis defectuosos poemas
son rechazados
por editores
que esperan
la perfección.

GUERRA

Justo cuando por fin estoy listo para partir:
gritos
disparos
¡rebelión!

Todas las repúblicas
de Centroamérica, por su cuenta,
lanzan un caótico
revoltijo de batallas.

Nuevos gobernantes
toman el poder.

Cada momento de demora
es peligroso.

El viaje que había planificado como una aventura
ahora se convierte en un desesperado intento
de escapar...

pero soy demasiado lento
y antes de que tenga una oportunidad
de huir
de este violento
desastre hecho por los hombres,
la naturaleza reclama
su absoluta
autoridad.

TERREMOTO

Las paredes
    de una casa
en donde
    estoy de visita
se desmoronan
    se derrumban
    se caen.

Las esperanzas en la mente en que prospero
dan paso a una devastadora vigilia
de
espera
a ver
si
voy
a sobrevivir.

Pero no soy el único atrapado
por la destrucción.

¡Una niñita!
Instintivamente,
levanto
a la hija de mi amigo
y la cargo
hasta un sitio seguro,

un acto
que por siempre
hará que los demás me llamen un héroe
aunque lo único que soy es un hombre débil
que resulta ser un poquito más audaz
que esta agradecida y sonriente
niña
de cinco años.

Mi corazón ha cambiado
producto de la experiencia de ayudar.

Ninguno de los libros que he leído de poetas españoles,
    cubanos,
franceses, griegos y norteamericanos
jamás me preparó para la profundidad
de mi nueva gratitud
al cielo
y a la tierra.

VOLCÁN

¡La era de los desastres naturales no ha terminado!
Furiosos
    ríos
      de lava
           corriente
           fluyen
      desde
    las
alturas
    y sepultan bosques
           granjas
    pueblos
         sueños…

Una lluvia de ceniza gris cae sobre la ciudad, un tormento
de horrores.

EL SOL DESAPARECE

Hacen falta linternas incluso al mediodía.
La gente se mueve a través de una tristeza polvorienta
de cenizas y hollín, nuestras plegarias se elevan
mientras cantamos en las calles, juntos,
todos a la espera de una maldición inmediata.

Si esta combinación de guerra
seguida de terremotos
y una erupción volcánica
no es el fin del mundo,
entonces será el nuevo comienzo
de un cariño fraternal, ya que todos aunamos
nuestros esfuerzos para encontrar sobrevivientes.

Lo logramos, pero la imprenta del gobierno
ha sido destruida.

No habrá publicación de mi libro de poemas,
tan solo estos papeles garabateados, mi tesoro,
un maltratado maletín
lleno de versos.

ANSIAS DE LUZ

Si fuera un pájaro
me elevaría por encima de las cenizas volcánicas
y volaría más allá de esta tierra en llamas...

pero soy humano,
así que uso mis piernas temblorosas
para dar tumbos a través de las oscuras calles
en busca de sobrevivientes
otros poetas
mis amigos.

Vete a Chile,
me apremian
cuando por fin
nos localizamos.

Vete, repiten, huye, niño poeta,
trata de llegar al fin del mundo,
incluso
si tienes que nadar,
incluso si te ahogas.

FUGA

Luego de decirle adiós a Bernarda,
corro
a los muelles
veo un barco
compro un boleto
me subo a bordo
¡y parto!

¿En verdad soy el único pasajero?

La embarcación resulta ser un barco alemán de carga.

Nadie a bordo habla mi lengua.

Cuando miro de vuelta a la orilla
    veo mi patria
que se esfuma
    bajo un torbellino de nubes
de humo
    denso.

PREGUNTA

¿Seré un cobarde por haberme ido?
Les tomará a mi nación
y a mi familia
muchos años
recuperarse
de tanto daño.

Imagino estos sentimientos
como una gota en un río,
la corriente interminable
de desastres,
ya sean naturales
o hechos por el hombre.

La culpa del sobreviviente
siempre será
parte de esta ondulante
ola de alivio
que siente cada
refugiado
fugitivo.

LAS BARRERAS DEL LENGUAJE

Una inmensa congoja me consume.
Nadie en el barco habla español
y yo no sé alemán, así que intento
comunicarme con el poco inglés
que he aprendido al leer traducciones
de poesía norteamericana,
pero los miembros de la tripulación
no me entienden, así que caemos
en una práctica habitual
del silencio.

Esta falta de palabras
debe ser el primer choque
que se encuentra cada inmigrante.

LA MENTE DE UN VIAJERO

El mar está tranquilo
y mis sueños son invisibles,
tanto el futuro como el pasado ocultos
por la distancia.

Esperar
es el único modo de vida que existe ahora,
días lentos que paso mirando las olas,
luego
noches interminables
de contemplar la luz de las estrellas.

Cada pájaro de tierra adentro que vuela sobre nosotros
conduce a mi vieja pluma hacia nuevos versos.

DE VIAJE CON MENTORES INVISIBLES

Adoro la escritura del cubano José Martí
y del francés Víctor Hugo,
pero me hace falta
mi propio estilo, así que garabateo
a bordo de este barco de ensueños
que avanza a vapor, solitario,
hacia mi futuro.

UN AMIGO

Un amigo es suficiente.
El capitán sonríe
y me invita sin palabras
a jugar dominó.

Comemos en su camarote.
Aprendo algunas palabras en alemán.
Cuando hacemos escala en los puertos, veo cuán poco hace falta
para hacer felices a los pobres.

En los bosques, hay claros en los que los niños juegan.
En los rigurosos desiertos, los únicos árboles y flores
son pintados en las paredes, exuberantes murales verdes
que crean una agradable ilusión
de abundancia.

CUANDO ESCRIBO POESÍA

El tiempo en el barco pasa lenta y rápidamente
a la vez, un misterio de sílabas,
silencio
y rima.

Descubro la belleza de las olas
que vienen
y van de nuevo, en un esquema de largas
y cortas
rimas de la marea.

Cuando pruebo con una variedad de estilos,
ciertos versos terminan pareciendo tan anchos como el océano
que arrastra al agua marina de un lado a otro tan furiosamente
que incluso la valiente
luna inquieta
lo sigue.

He desistido de la idea de un hogar: lo único que tengo ahora
son mis sueños y esta necesidad de ver mundo.

DIECINUEVE AÑOS

Soy como la vagabunda luna,
listo para encarar cualquier cosa,
tal es la riqueza de maravillas
y dolorosas frustraciones
que el extraño futuro
de cada viajero
conlleva.

VERGELES IMAGINARIOS

Tranquilamente, recuerdo mi infancia
de días pacíficos que pasaba leyendo
entre el árbol de güira
y la granada.

Luego pienso en Semana Santa y el modo
en que una única brillante fruta dorada al explotar
desperdigaba las semillas para que crecieran
mis más pequeños poemas.

Si no encuentro editor en Chile,
entonces tendré que seguir escribiendo de todos modos
y seré mi propia audiencia
para versos honestos.

Me siento como un cazador de ensueños,
armado tan solo con las horas,
la rima asonante
y la verdad.

UN EXTRANJERO EN
EL FIN DEL MUNDO

El barco a vapor por fin arriba
al glorioso puerto de Valparaíso.

Lo primero que hago es comprar un periódico
y me siento aturdido por la realidad
de la llegada.

El titular del día
es sobre la muerte de un historiador famoso
cuyos libros conozco bien, así que me paso
veinte minutos
garabateando mi propio
análisis de su obra.

Con este artículo y mi maletín
lleno de poemas, tengo todo el equipaje
que jamás me hará falta.

ENCONTRAR MI CAMINO

¿Cuál hotel?
Es el mismo dilema al que me enfrenté
cuando estaba exiliado en El Salvador.

Una habitación destartalada es todo cuanto puedo pagar,
pero un pianista que se aloja en la misma pensión
hace que nuestro entorno parezca elegante
al enviar su música festiva
volando por los aires.

La creatividad es el mejor combustible
para el futuro de cualquier hombre pobre.

Tan pronto como me instalo,
llevo mi artículo sobre el historiador
a las oficinas de un periódico en donde el amistoso editor
acepta mi trabajo y me paga generosamente.

¡Incluso la más ínfima pizca de ánimo
es suficiente para hacer que un poeta común y corriente
se sienta verdaderamente heroico!

JUZGADO

Un nuevo amigo del periódico
me ayuda a enviar una carta de presentación
a un hombre rico en Santiago,
la ciudad más grande de Chile.

En poco tiempo estoy en camino, sentado en el tren,
preguntándome por qué tantos caballeros y tantas damas
fruncen el ceño y susurran mientras me miran fijamente
con disgusto.

Un indio.
Escucho los murmullos.

Mi piel morena.
Mi pelo negro.

Ropas enmendadas.
Zapatos rotos.

Maletín repleto.
Mirada ensoñadora.

ME NIEGO A SER JUZGADO

En mi tierra, yo era tan solo uno
de miles de mestizos, pero aquí
tanta gente tiene solo sangre española,
y un odio racial anti-indígena
golpea mi vida
por primera vez.

Los indios son los conquistados,
mientras que los descendientes de los colonialistas españoles
continúan pensando en sí mismos como superiores,
aunque han pasado muchas décadas
desde que el héroe Simón Bolívar
liberara a todos
por igual.

Que esta gente pálida que piensa
que es mucho mejor
me juzgue por mis palabras
y acciones
no
por mi piel.

ACEPTARME A MÍ MISMO

Decido conscientemente
mezclar los antiguos mitos griegos
con las imágenes nativas de aztecas y mayas
de varias naciones de las Américas.

Chile tiene otros aspectos
que también son nuevos para mí,
como las temporadas de frío,
no solo los igualmente calurosos
húmedos y secos meses
que conozco
del trópico.

Soy el único en este tren
sin una chaqueta de invierno.

Que me miren.
Bastante pronto me congelaré
y todo cuánto verán
será un esqueleto helado.

LA IRA ES NATURAL

Es fácil tener una actitud desafiante, pero la verdad es
que me siento derrotado y desesperado.

Dentro de mi viejo maletín
se oculta una tormenta de versos.

Con el papel de cielo, las palabras
son el viento que debería ayudar a que mi mente vuele.

Si tan solo mi corazón pudiese seguir,
celebrar cualquier oportunidad de transformar
las adversidades de la vida
 en rítmicas obras de arte,
como mismo la gente del desierto
 que pinta murales
de florecientes bosques verdes
 en áridas
paredes de adobe.

Por lo pronto, este redoble de rabia
será mi única poesía.

ZUMBADORAS ABEJAS
DE LA ESPERANZA

En la estación de trenes de Santiago, viro la cara
a los rostros desdeñosos de quienes me juzgan,
mientras todo en derredor, las familias se abrazan, reunidas.

Llantos de alegría, vendedores de comida, la prisa de los
   maleteros
que cargan el equipaje...

Estoy parado solo, a la espera, hasta que al fin veo un carruaje
con magníficos caballos, un cochero en su elegante uniforme
y un sirviente que ayuda a un hombre rico
a bajarse
a buscar
a la persona
con quien se encuentra.

Está envuelto en lujosos abrigos de piel.
¿Acaso es este el hombre rico que recibió
mi carta de presentación?

Cuando solo quedan dos personas
en la plataforma, se me acerca
y pregunta si es posible que yo sea
el famoso Rubén Darío,
el niño poeta.

Sí, yo soy el célebre Niño Poeta
pero ¿y eso qué significa
ahora que ya soy un adulto de diecinueve años?

Mis versos de infancia era tan solo la práctica
para el modo en el que pienso escribir ahora, siempre que
un desconocido juzgue que soy cualquier cosa menos
una iracunda colmena
con las esperanzadas abejas
de la igualdad.

UNA HABITACIÓN
EN EL FIN DEL MUNDO

Entro a mi nueva vida
con una riqueza de ideas
en lugar de dinero y ropas.

Tengo un sitio donde quedarme y me han dado trabajo
en un periódico, pero me siento tan tímido
cada vez que estoy rodeado
de hombres ricos
que piensan en mí
como un pobre indio.

¿La envidia es parte del problema?
¿Acaso la fama que me precede
les hace esperar a alguien que luce
poderoso, que ostenta las últimas modas
de París y escribe en un estilo
más convencional?

CUANDO ME PIDEN QUE DESCRIBA
EL PROCESO DE LA ESCRITURA

Simplemente digo la verdad,
aunque tantos escépticos
no lo encuentran fácil de creer.

Mis poemas nacen enteros
luego de meses de concentración,
los primeros borradores jamás escritos, ocultos en lo profundo
de los silentes confines
de mi mente.

LAS ALAS DE LA POESÍA

Con el tiempo, conozco a unas cuantas personas amistosas
que entienden mi timidez.

Hay un joven de mi edad
que está enfermo con frecuencia, así que simpatiza
con mi morriña.

Su padre resulta ser
el presidente de Chile,
quien me invita a un almuerzo
en donde soy tratado
como familia.

Cuando gano un concurso de poesía,
me sorprendo, pero los demás invitados
dicen que se lo esperaban.

El triunfo es el sentimiento como de un vuelo,
un esperanzado desplegar de plumas
y luego la mera dicha
de sentirse aceptado.

RECHAZO

De vuelta en Valparaíso, encuentro trabajo
en la oficina de aduana y mantengo un registro
de los bienes que llegan y salen en los barcos.

Cajas.
Paquetes.
Sacos de grano.
¿En verdad gané
un concurso de poesía?

El trabajo soso deja a mi mente libre
para soñar artículos que podrían ser de interés
de los periódicos.

Cuando escribo de deportes, me dicen
que me expreso con demasiada claridad.

No es lo que buscamos, me informa el editor.
Esas son las palabras que cada escritor teme,
pero el desaliento nunca es una opción,
todos tenemos que seguir garabateando o nuestras voces
se esfumarán.

PERSEVERANCIA

Todos mis pensamientos son una mezcla
de rápidas desilusiones
y esfuerzos interminables.

Falto al trabajo
más de lo que voy.

Las excusas me avergüenzan,
pero finjo estar enfermo, tan solo para tener la libertad
de pasear por la orilla, abordar botes pequeños
e irme a explorar.

El mar
es hermoso
y mis sueños
son invisibles,
pero mi pluma
es fuerte
y persistente.

Nunca doy por vencido
el torrente de poemas
que apunta a las olas
y el viento.

Tormentas de la mente.
Huracanes de versos.

Historias de gnomos, ninfas
y palacios de luz solar,
el cuento de un hombre que tiene
un azulejo atrapado en una jaula
en su mente, aunque la pobre criatura
anhela ser libre y volar sola en el cielo interminable.

Escribo sobre versos traídos a la tierra
por gráciles garzas oscuras
que vuelan por encima de mí cada vez que salgo
a explorar.

Escribo sobre las cambiantes estaciones de Chile
y las flores tropicales de Nicaragua
y acerca de cada aspecto de la naturaleza
y la naturaleza humana,
luego añado alguna fantasía
sobre la reina de las hadas
que viaja en una perla
tirada por escarabajos dorados.

En este cuento de hace mucho tiempo,
hubo una vez en que cada quien
recibió un regalo mágico, ya fuese riquezas, fuerza,
alas de águila, armonía, ritmo, un arco iris,
la luz del sol, la melodía de las estrellas
o la música de las selvas...

pero los humanos se envidiaron los dones mutuamente
y riñeron y pelearon, por eso ahora
a todos siempre se nos concede el mismo deseo:
recibir tan solo un pacífico velo azul de sueños
para el futuro; en otras palabras, nada más
que la esperanza.

PELIGRO

A veces en las tardes tranquilas
visito los pueblos en la ladera.

La música de los pobres me consuela.
Los días que pasan abriendo túneles bajo tierra
han de ser muy oscuros y muy duros, pero al aire libre
de la noche, los mineros llenan la atmósfera del pueblo
con canciones de luz…

hasta que los guitarristas y cantantes
están rodeados
de bebedores
y arrancan las peleas
y se sacan las pistolas
y se disparan las armas
y hay un saldo de heridos.

Cuando acompaño al doctor
a la cabecera de un hombre herido,
resulta extrañamente familiar
ser otra vez
un testigo,
un espectador externo
que no posee armas
sino versos,
meras palabras.

Este pude haber sido yo, acostado, sangrante
e indefenso, cuando era más joven
y temerario, cuando bebía y peleaba
y me rebelaba contra el mundo entero
en lugar de simplemente hablar en contra
de la injusticia.

Al alba, dejo atrás las colinas
con el corazón lleno por la maravilla
de cómo las voces humanas
persisten en cantar al cielo azul
sin importar cuán devastadora
sea la pobreza, sin importar
cuán oscuros
sean los túneles
en donde los mineros
son forzados a trabajar,
su sufrimiento constantemente
interrumpido por ensoñaciones.

YA NO SOY UN ADOLESCENTE

Me contrata *La Nación*, el mismo famoso
periódico argentino que publica a mi héroe,
José Martí, el poeta cubano en quien pienso como un mentor
aunque jamás lo haya conocido.

Mi editor quiere un poema por día.
Parece imposible, pero estoy seguro de que puedo hacerlo
si sigo con la lectura de los versos de los demás, en busca
de inspiración.

Martí exalta la libertad, la igualdad y la esperanza.
Valoro los mismos temas, pero todos dicen
que mi estilo es completamente nuevo, con ritmos musicales
llenos de color que asemejan pinturas
de los impresionistas, las oraciones en poemas en prosa
construidas cortas, simples y visuales
por mi amor al arte
y mi amor al amor.

MI PRIMER LIBRO

Azul.
El apacible título muestra
cómo mi huracán de versos
me ayuda a encontrar
un mar
de paz.

TODA UNA VIDA DE RIMAS
Y RITMOS REBELDES

Viajes a tantas tierras,
matrimonio, bebés, revoluciones,
penas y dichas, un encuentro
con Martí en Nueva York,
la inspiración para escribir
cada día…

En un verso, advierto a Theodore Roosevelt,
el poderoso presidente de los Estados Unidos,
de que las violentas invasiones a Latinoamérica
por parte de su nación agresiva
van a encontrar una feroz
resistencia.

No es difícil predecir guerras
que todavía están lejanas en el futuro distante.
Todas las señales están presentes ahora: los Estados Unidos
 tienen en planes
dominar por completo nuestro mundo hispanohablante.

No lo van a lograr, porque nos negamos
a ser gobernados por el arrogante odio racial.

En México, ofendo al dictador Porfirio Díaz,
y en Cuba leo mis versos en alta voz
a multitudes de humildes campesinos

rodeados de sus atentas esposas
y sus fascinados hijos.

Luego de todos mis complejos poemas escritos para adultos,
me sorprende que mis más preciadas
y queridas palabras
sean las de un cuento de hadas
que escribí en el abanico
de una joven niña
llamada Margarita.

La primera estrofa es acerca
del hermoso mar
y el viento fragante,
placenteras imágenes que conducen
a una historia de independencia
rebelde.

La princesa Margarita desafía a su padre
al volar al cielo
a buscar una estrella brillante.

Cuando el furioso rey le advierte
que el cielo la castigará,
Dios mismo habla y revela
que Él está complacido y le admira
el coraje y la perseverancia
tan sinceramente
que le permite

cargar con el reluciente tesoro
de vuelta a la tierra, en donde ella se pone
la estrella de luz
como una joya, prendida
a su ropa de seda
justo al lado del resto
de su colección natural
de maravillas: una pluma,
una flor, un poema
y una perla.

MI MENSAJE PARA EL FUTURO

Al principio, estoy asombrado de la popularidad
de mis versos más famosos, pero ahora me doy cuenta
de que no hay nada que tenga más valor para los niños
que la esperanza: simplemente saber que pueden crecer
y pensar por sí mismos y seguir el brillo
de las constelaciones
mientras viajan
más allá de las expectativas,
a encontrar paz
en una tormenta de sueños,
con tan solo levantarse y reclamar
la resplandeciente luz
de su propia brillante
imaginación.

NOTA DE LA AUTORA

Escribí este libro porque mis ancestros cubanos fueron unos de los humildes campesinos que asistieron a las lecturas de poesía cuando Darío visitó la isla. Poco podría haberse imaginado cuán inspiradora sería su poesía para mi bisabuela y todos sus descendientes. En las reuniones familiares, los versos de Darío eran recitados, tal y como describí en *The Wild Book* (El libro salvaje), una novela en verso acerca de la infancia de mi abuela. De hecho, el poeta nicaragüense era tan reverenciado en nuestra familia que dos de mis tío abuelos fueron nombrados Rubén y Darío en su honor, y yo no soy la primera Margarita.

Con una estrella en la mano es una ficción histórica basada en la autobiografía de Rubén Darío (1867–1916). Todos los sucesos y situaciones están basados en los hechos y ya que Darío escribió con tanta claridad acerca de su infancia y juventud, la mayoría de los aspectos emocionales también son tomados de fuentes documentadas. Solo unos pocos pequeños detalles han sido imaginados.

Darío es conocido como el padre del modernismo, un movimiento literario que mezclaba poesía y prosa, rimas complejas, rimas asonantes y verso libre al igual que imaginería de la Europa clásica y de los indígenas nativo-americanos. La publicación en 1888 de *Azul* en Valparaíso —cuando Darío tenía solo veintiún años de edad— es ampliamente reconocida como un momento crucial en la literatura del mundo. Hasta ese punto, la poesía romántica tendía a ser exageradamente sentimental, enfocada en las emociones propias en vez de observar al mundo entero, con su entretejido de problemas y belleza.

La importancia de Darío siguió creciendo durante la primera mitad del siglo xx y ha continuado después de su muerte. Su lugar de nacimiento, el pueblo de Metapa, ahora se llama Ciudad Darío. La Biblioteca Nacional de Nicaragua fue renombrada en su honor. El hogar de su infancia en León es un museo visitado por poetas de todo el mundo.

Como mentor a principios del siglo XX de Juan Ramón Jiménez, Darío influyó a la Generación del 27 de España, un grupo de poetas que habló en contra de la dictadura fascista de Franco. El grupo incluye a Federico García Lorca, Jorge Guillén, Pedro Salinas y Rafael Alberti, quienes a su vez influenciarían al mexicano Octavio Paz, al argentino Jorge Luis Borges, al cubano Alejo Carpentier, a los chilenos Pablo Neruda y Gabriela Mistral y al colombiano Gabriel García Márquez. Temas que unifican a todos estos escritores son la libertad, la imaginación y el sueño de la justicia social. Es una tradición literaria que todavía prospera hoy en día, en la obra de casi cada poeta y novelista moderno de Latinoamérica y en los escritores latinos de los Estados Unidos.

Pablo Neruda describió a Darío como un ruidoso elefante que destruyó los cristales de una era para dejar que entrara aire fresco. Pedro Salinas escribió que Darío siempre estaba medio en este mundo y medio fuera de él, una tendencia ensoñadora que puede ser encontrada en la obra de los cultores del realismo mágico, la respuesta moderna de América Latina a la fantasía. Descrito en español como "lo real maravilloso", el realismo mágico muestra las vidas comunes y corrientes tocadas por específicas maravillas naturales y sobrenaturales en lugar de imaginar mundos alternativos completamente separados de la realidad.

Luego de la publicación de *Azul* en Chile, Darío regresó a Nicaragua. Fue recibido como un héroe en León, pero en poco tiempo se mudó a El Salvador, en donde pasó a ser el director de un periódico que promovía la unificación de Centroamérica en un solo país. Poco después de casarse, fue forzado a huir a Guatemala debido a un golpe militar que derrocó al gobierno de El Salvador. En las próximas décadas vivió en muchos países, escribió para periódicos, publicó varios libros de poesía y fungió como embajador nicaragüense en varios países y en varias ocasiones estuvo en la pobreza.

A pesar de su tormentosa vida personal y lo sofisticada de su obra literaria, Rubén Darío es frecuentemente recordado por el público general por su cuento de hadas en rima "A Margarita Debayle". Compuso este largo poema espontáneamente, cuando la hija de cinco años de un amigo le pidió que le contara un cuento.

"A Margarita Debayle" es tan querido en cada país que ha sido recitado por padres y abuelos a sus encantados hijos durante muchas generaciones. La historia de la princesa que vuela al cielo para reclamar una estrella para sí estaba muy adelantada a su tiempo, ya que mostraba que las niñas podían ser independientes. "A Margarita Debayle" comienza con una introducción que muchos niños hispanohablantes se saben de memoria:

Margarita, está linda la mar,
y el viento
lleva esencia sutil de azahar;
yo siento
en el alma una alondra cantar:
tu acento.
Margarita, te voy a cantar
un cuento.

FUENTES

Darío, Rubén. *Autobiografía de Rubén Darío*. Barcelona: Red Ediciones, 2015.

Darío, Rubén. *Azul*. Buenos Aires: Editorial Sopena, 1947.

Darío, Rubén. *Prosas profanas*. Buenos Aires: Editorial Sopena, 1947.

Darío, Rubén. *Songs of Life and Hope/Cantos de vida y esperanza*. Durham, NC: Duke University Press, 2004.

Jiménez, Juan Ramón. *Mi Rubén Darío*. Madrid: Visor Libros, 2012.

Lázaro, Georgina. Ilustrado por Lonnie Ruiz. *Rubén Darío*. Lyndhurst, NJ: Lectorum, 2017.

Morrow, John. *Amerindian Elements in the Poetry of Rubén Darío*. Lewiston, NY: Edwin Mellen Press, 2008.

Watland, Charles D. *Poet Errant, A Biography of Rubén Darío*. New York: Philosophical Library, 1965.